DES MALADIES

DE

LA LITTÉRATURE FRANÇAISE.

IMPRIMERIE MOREAU,
rue Montmartre, n. 39.

DES MALADIES

DE LA

Littérature française;

CONSULTATION SUR SON ÉTAT ACTUEL,

Par un Docteur.

In vitium ducit culpæ fuga, si caret arte.

PARIS.

PONTHIEU, LIBRAIRE, PALAIS-ROYAL.

DÉCEMBRE 1825.

UN MOT.

La littérature française paraît être aujourd'hui divisée en deux opinions ennemies. Les désignations de *classique*, de *romantique*, se lisent sur diverses bannières et annoncent ses discordes, ou plutôt disent quelles maladies l'attaquent sourdement. L'Académie française, elle-même, s'est déclarée classique, et conserve l'autorité des antiques traditions. Une foule de romantiques portant les armes contre elle ou contre ses auxiliaires, les ont blessés parfois de traits pénétrans et même inévitables.

Si ce n'était ici qu'un de ces oiseux débats dont s'amuse un jour le public, il faudrait à peine y prêter une attention légère ; mais les temps sont arrivés où des questions, en apparence frivoles, se rattachent à de plus puissans intérêts. La destinée des langues modernes ou la splendeur de leurs chefs-d'œuvre, comme la renommée littéraire des nations, tiennent par des nœuds étroits à cet important sujet. Quiconque aime l'art de bien dire, lequel est aussi celui de bien penser, ne peut rester indifférent à ce qui compromet le sort des lettres. La France s'est toujours honorée de leur culte; la France éclairée n'abandonnera et ne refusera jamais aucune source de gloire, aucun genre de triomphe.

DES MALADIES

DE

la Littérature française.

DEUX maladies opposées affligent aujourd'hui la littérature française ; elles menacent de la frapper de mort. Déjà même elles semblent l'avoir presque entièrement condamnée soit à une stérilité funeste, soit à procréer des monstres. Ces deux maladies sont les *convulsions* ou des *spasmes nerveux*, et la *langueur* ou *l'atrophie*; nous allons en exposer les principaux symptômes.

DES CONVULSIONS OU SPASMES NERVEUX EN LITTÉRATURE.

Cette affection qui nous paraît tenir du *spleen*, remonte en effet à une origine anglaise, par exemple à Shakespeare *. Elle s'est surtout pro-

* Déjà Voltaire, à la fin de sa carrière, s'élevait avec vigueur contre l'envahissement de la littérature sombre et

pagée parmi les régions brumeuses du nord et les États qui professent les cultes divers de la réformation ou la liberté religieuse. Elle a envahi la Germanie, et a trouvé dans ses principaux littérateurs, tels que Goëthe et Schiller, de brillans auxiliaires et des athlètes audacieux. Son humeur mélancolique a été célébrée par Mme. de Staël : ses douleurs s'exhalent tristement dans le vague des espaces nébuleux, ou dans l'ombre des nuits avec le roulement lointain des tempêtes et des ondes. Elle veut frissonner de terreur au bord des torrens, ou s'élancer dans le gouffre mystérieux de l'immensité. Amante du charme des déserts, elle se plaît à errer à l'aventure, loin des routes fréquentées. Elle proclame la liberté, en

extravagante du théâtre anglais : l'on se rappelle ses sarcasmes contre *Gilles* Shakespeare et son traducteur Letourneur.

De même, Boileau mourant, qui entendait réciter les vers de la nouvelle école littéraire du XVIIIe. siècle, s'écriait que, de son temps, les Pradons étaient des aigles en comparaison.

Soit que les vieillards deviennent moins indulgens, soit plutôt que la littérature dégénère facilement dans le genre romantique, ou tombe dans l'exagération quand elle ne peut atteindre à la force, comme au temps de Lucain et de Claudien, il est certain que les symptômes de notre décadence littéraire ont été fort analogues entre eux dans ces deux circonstances et signalés toujours par des auteurs d'un goût classique.

protestant contre toutes les entraves littéraires ; l'indépendance qu'elle cherche est celle qui se manifeste par les libres écarts du génie, qui rompt les chaînes de l'autorité et de la routine. Elle aspire aux alliances bizarres des idées, aux inversions forcées, aux expressions les plus disparates : pour elle, rien n'est grand, s'il n'est outré ; rien n'est sublime, s'il n'est extravagant ou gigantesque. Enivrée de la mort et de l'éternité, elle se précipite dans les obscures profondeurs de la pensée, et la folie est le sceau même de son génie. Ainsi affranchie, ou plutôt révoltée de toute forme régulière imposée par l'imitation, qui ne lui présente que les tristes stigmates de la servitude, elle s'élance en vagabonde, souvent furieuse, frappant les nuages d'une épée flamboyante, défiant comme l'ange de l'abîme et les dieux et les hommes et les monstres infernaux. Son grand art, ou son inspiration, consiste à perdre la tête dans un fougueux délire, et à la faire perdre aux lecteurs ou aux spectateurs, par une tempête de mots entassés et incohérens, dont elle écrase l'imagination. Tantôt ses bonds impétueux l'assimilent à ces sibylles transportées sur leur trépied sacré, ou à cette Véléda échevelée, à cette Aurinie germanique, dont les clameurs prophétiques glaçaient d'effroi le silence même des forêts hercyniennes ; ou bien soupirant ses amours d'un ton lugubre et sépulcral sur les noirs tombeaux des ancêtres ; elle en évoque, dans les ténèbres, les mânes qui dansent, comme de pâles météores, entre les ruines des châteaux gothiques, ou dans le sanctuaire des vieux temples écroulés. Elle n'a jamais rien de gai, ni de satirique, et, selon elle, l'ironie glaçante fait mal à l'âme.

On comprend combien ces émotions désordonnées, tantôt convulsives et exagérées, tantôt sombres et atrabilaires, ce mélange de barbarie et de fictions vaporeuses, cet amour du suicide, cet héroïsme du crime, ces sanglantes apothéoses des bourreaux et des brigands, ces joies si vantées de la mort, ces atroces images des tortures de l'enfer et ces délices inexprimables d'une nouvelle vie, exaltent, bouleversent les cerveaux débiles par des impressions énergiques, inaccoutumées, excitent de violentes crispations nerveuses, désaccordent, pour ainsi dire, toutes les fibres de la pensée humaine. Comment se voir, de sang-froid, en effet, traîné du bourbier des gémonies et des cloaques infects, où pourrissent les cadavres des cercueils, puis ravi d'extase dans le sein mystérieux des anges et les tabernacles du TRÈS-HAUT, par-delà les soleils et les mondes qui peuplent l'Empyrée? Les nécromants et leurs prestiges, la terreur et ses chaînes, tout est mis en œuvre pour renverser l'âme d'abîmes en abîmes, au bruit des cataractes retentissantes et de la redoutable voix des tonnerres, tandis que murmurent autour de nous, dans l'ombre, les spectres nocturnes dont les cris aigres appellent une proie déchirée sous leurs serres. Douces colombes de l'amour, vous aussi tombez victimes de ces fureurs !

On conviendra que cette esquisse du style romantique retrace les symptômes d'une littérature *palpitante*, d'un agacement de nerfs. Pour y bien réussir, il n'est rien tel que de se plonger dans les noires sources de l'hypocondrie hyperborée, et de se promener avec le fils de Fingal dans les brumes épaisses de l'Écosse, tantôt en lisant les Nuits d'Young et les Méditations d'Hervey, tantôt saisissant la lyre gémissante des bardes des anciens jours, avec les plus hardis modèles de notre siècle. C'est ainsi qu'on secouera pendant quelque temps un peuple raisonneur et blasé, qui ne croit plus qu'à ce qu'il touche, peuple désenchanté par les calculs sordides de la cupidité et de l'avarice, peuple sans illusions, qui se monte et se démonte par des contre-poids en politique et en morale comme les machines, qui se repaît enfin au jour le jour, des stériles et froides dissertations des gazettes, d'une vaine pâture laissant l'esprit vide et le cœur sec. En effet, les sensations attérantes ou neuves du romantisme, pareilles à des liqueurs brûlantes, jettent une émotion fiévreuse dans les cerveaux, pour quelques instans du moins, et rompent l'insipide uniformité de la vie. Cela explique ses succès *. Semblable parfois, chez les grands maîtres, aux volcans en déflagration, il jaillit du milieu de ses nuages tourbillonnans de fumée et de cendres, une flamme éblouissante qui lance des reflets blafards sur les pâles habitans de la contrée, glacés de consternation aux coups formidables du cratère, et sur un sol tremblant qui renverse leurs antiques édifices. Tel est le genre de beautés terribles ou solennelles que promet le romantisme. En rapport avec l'agitation des siècles modernes dans leurs révolutions, il aime à placer des contrastes effrayans de joie au milieu des scènes déchirantes de désolation ou de carnage; il joint les plaisanteries les plus triviales et quelquefois basses, au désespoir de la mort sur un échafaud; il accouple les genres les plus insociables. Confondant à son gré les temps et les lieux, pour produire des catastrophes inattendues, il détraque, il meurtrit pour ainsi dire la raison afin de mieux terrasser l'imagination. Il vit de témérités, parfois heureuses; dans ses délirantes inspirations, il préfère arracher le cœur plutôt que de l'attendrir,

* *Ubi videris orationem corruptam placere, tibi mores à recto descivisse, non erit dubium.* SÉNÈQUE.

foudroyer l'esprit que de l'éclairer, bondir ou ramper que de marcher, hurler que de parler, enivrer enfin que de désaltérer. La raison, la règle, l'ordre, les calculs de la sagesse, sont particulièrement ennemis de cette forme de littérature ; ils la glacent, la désarment ; elle s'y dépouille de sa verve, de son enthousiasme religieux, ou guerrier, ou prophétique ; elle y trouve enfin son trépas.

Si ce tableau de la littérature romantique est tracé avec quelque vérité, l'on doit avouer qu'elle est plutôt une disposition maladive intellectuelle qu'un état sain, régulier et normal, qu'elle pèche par de vicieux extrêmes en dépassant le but, qu'elle présente des traits heurtés, grimaçans, des contrastes bizarres, et que ses beautés mêmes, défigurées par leurs inégalités choquantes, ne peuvent pas servir de bons modèles, sans être débarrassées d'un alliage impur ou d'élémens hétérogènes.

DE LA LANGUEUR OU DE L'ATROPHIE LITTÉRAIRE.

La langue française tirant son origine du latin et même du grec, comme ce dernier idiome, n'a point hérité de toutes les richesses de ces deux langues ; elle n'en a retenu ni les termes composés, ni les inversions hardies et les tours harmonieux, ni le rhythme varié et sonore des inflexions et des désinences. Nos modernes institutions politiques et religieuses lui interdisent encore la plus brillante partie de l'énergie républicaine de ces langues mortes du Midi, dont elle est la fille timide.

Cultivée surtout à la cour de nos rois, polie dans une société sans cesse attentive aux convenances, son principal mérite a dû consister dans l'ordre, la clarté, l'élégance, la souplesse, la pureté du goût, afin d'éviter tout ce qui pourrait froisser, effleurer même des esprits délicats, afin aussi de gazer légèrement les idées qui blesseraient à nu un sexe, objet de nos perpétuels hommages, ou la puissance, toujours soigneuse de conserver ses prérogatives. L'empire suprême de la majesté royale dut toujours dompter l'audace de son essor.

De là naquit cette méticuleuse imitation des modèles antiques, ou des lettres, des beaux-arts grecs et romains, dans laquelle nous fûmes bercés parmi les écoles, dès notre enfance. De là cette idée accablante de perfection accomplie, cet amour superstitieux des formes littéraires qu'il nous est seulement permis de reproduire en toute humilité. De là ce tyrannique asservissement aux règles tracées par les anciens maîtres. Elles ne laissent souvent aux modernes que le désespoir de les égaler ; elles ne font de nous que de pâles copistes, que de maigres translateurs de cette vigoureuse littérature des anciens ; ils puisaient profondément dans une nature vierge, avec toute leur indépendance. Nous, pusillanimes admirateurs de leurs œuvres, nous traînant sur les moindres vestiges de nos devanciers, à peine en tirons-nous un calque exact, car de fréquens emprunts ou des traductions en ont émoussé les traits les plus saillans et les plus généreux coups de maître. De là enfin cette satiété fatigante qui nous saisit dans cette stérilité classique. Aujourd'hui :

> Qui nous délivrera des Grecs et des Romains ?

Y a-t-il encore quelque chose de nouveau pour nous dans l'histoire et la mythologie grecque et latine, pressurées de cent façons différentes par nos plus illustres auteurs des siècles précédens ? Quelque riantes que soient les images consacrées par l'antiquité, Vénus et Hébé même sont déjà décrépites ou surannées. Ce n'est pas de souvenirs d'érudition, c'est d'inspirations ardentes que doivent se pénétrer la poésie, les beaux-arts, l'éloquence, car la science ou l'art seuls peuvent refroidir les esprits : plus ceux-ci s'éclairent, moins souvent le cœur devient capable de s'échauffer.

Ainsi s'est établi parmi nous, sous le nom de *classique* un genre glacial, trop exclusif et uniforme en littérature, accroupi sans cesse dans l'inévitable cercle de la routine et de l'imitation à laquelle nous sommes assujettis. Tel est ce style travaillé avec soin, mais si souvent sec et poli, et qu'on désigne quelquefois sous le nom d'*académique*. Tel est ce langage élégant et pur, toujours égal, et comme passé à la filière étroite du goût moderne, c'est-à-dire exempt de défauts, mais trop circonspect, trop laborieusement tissu pour s'élever jamais à de grandes beautés, et qui semble porter le cachet d'une désespérante médiocrité. Fidèle à l'ornière de la tradition, ou même se glorifiant de cette constance bornée à l'antiquité; suivant pas à pas, mais d'un pied craintif, les modèles les plus châtiés, il redoute davantage le ridicule qu'il n'ose s'écarter des routes battues pour conquérir des richesses nouvelles ou inexplorées; il monte difficilement à l'épopée et au sublime. Il a trop peur de s'égarer à travers les rochers et les précipices, mais il ne sort point du pays plat.

La preuve de cette indigence moderne se trouve encore dans l'irremédiable discrédit où sont tombés les vers parmi nous. On ne peut pardonner à ces muses sacrées, dont tant de fois on invoque les faveurs, de nous adresser chaque année cette poésie bâtarde, moisson stérile qui, certainement, accuse l'épuisement du fond et un défaut de sucs nutritifs, à force d'avoir produit. Nous faudra-t-il désormais vivre en Bédouins, bivouaquant sur un sable aride, car déjà nous ne pouvons plus subsister que du pillage sur les étrangers? On s'arrache leurs dépouilles; on se pare de lambeaux volés. Le Parnasse en disette est presque devenu un repaire de mendians, où d'adroits fripiers retournent et retaillent des habits gaulois, germains, anglo-saxons, en les écourtant sur des patrons grecs et romains.

Cette nullité d'invention qui ne glane même plus rien de nouveau sur l'antique Olympe, cette circulation toujours recommencée de vieilles idées fondues toutes dans un moule invariable, a fini par consumer et atrophier ce genre fade de littérature; elle est pour ainsi dire haletante d'étisie depuis qu'on en a tant ressassé jusqu'aux moindres beautés. On s'est précipité par dégoût dans une carrière opposée, celle du romantisme, comme un malade fatigué de la langueur monotone qui le tient cloué dans ses habitudes casanières, essaie de se jeter dans une atmosphère étrangère; il s'abandonne à des charlatans lorsque des médecins vulgaires l'ont assassiné longuement par leurs insipides ordonnances.

Tel est l'état véritable d'impuissance et d'amaigrissement auquel nous réduit le régime diététique austère d'une littérature classique trop absolue; chaque jour elle se forge des entraves plus étroites, et souvent pour elle, le plus grand mérite est celui des difficultés vaincues. Notre langue, exigeante en effet, préfère le costume ou recherche le raffinement, la parure, plus qu'elle n'est sévère pour le fond même des idées. Il faut sans cesse sacrifier les vérités les plus naïves ou des expressions vivifiantes aux formes timides du goût, aux règles rétrécies de convention pour le public. Beaucoup de termes puissans se voient exilés du style noble, comme étant trop vulgaires, et souvent tout un discours demeure pâle, énervé, desséché par les périphrases languissantes ou les expressions vides qu'on est contraint de leur substituer. C'est que notre langue s'est épurée, surtout à la cour et dans la haute société où l'on doit voiler les objets trop crus, les détails naturels, trop âpres pour notre molle délicatesse. Son but était de plaire plutôt que faire penser.

D'ailleurs cet esprit vétilleux qui, sous le nom de convenances et de pureté de goût, tranche quelquefois impitoyablement les plus nobles hardiesses, cette censure minutieuse qui chicane sur les moindres mots, comprime l'énergie et entrave la liberté de la démarche; le style devient embarrassé, incertain, oblique; tout est bientôt terni ou décoloré; mais on ne vit pas alors; on n'en peut plus, on dépérit en détail à la manière des vieillards. Notre littérature classique aurait-elle atteint déjà l'âge de la décrépitude? Sous prétexte de sobriété pour conserver ses jours, n'aurait-elle pas épuisé les lettres de ce sang ardent, de ces forces de vie qui toujours doivent les échauffer de leurs flammes? Les reproches des romantiques et de plusieurs nations rivales sur l'impuissance actuelle et la froide stérilité de nos classiques absolus, n'auraient-ils pas quelque fondement?

N'est-ce pas encore de cet esprit délié et artificiel qu'est pétri l'amour des bagatelles et de ces jolis riens, dont tout le mérite consiste dans un tour agréable et piquant; de là ces jeux de mots, soit à propos, soit hors de propos, cette disposition comique, ces traits du ridicule que notre nation sait décocher de mille manières adroites, cette arme de la plaisanterie si habilement aiguisée par l'usage dans la société, qui nous rendent plus éminemment propres à la conversation qu'à déployer une haute et foudroyante éloquence. Ainsi, sans doute, se rapetissent les ames dans ces joutes légères d'adresse plutôt que de vigueur.

En effet, d'où naît ce style maniéré du bel esprit, si hérissé de pointes subtiles, si rempli d'allusions recherchées, si coquet, si compassé, si pimpant, qu'on l'a comparé aux beautés fardées, couvrant leurs rides d'oripeau et de clinquant ; style efféminé, sans nerf à force d'être poli, qui nous est venu de la moderne Italie avec ses *concetti,* et qui jadis avait fait parmi nous tant de prosélytes? Ne serait-ce pas le résultat nécessaire d'une littérature vassale, tarie à fond de ses nobles inspirations, réduite à jouer sur les mots, à plaisanter à l'aide de combinaisons forcées dans les expressions, faute d'idées neuves et spontanées, ou parce qu'il ne lui est pas permis de s'échapper d'une espèce de prison intellectuelle ? Certaines phrases obligées et fanées par le despotisme de la politesse, une somme d'idées futiles et surannées, toujours en circulation, doivent nécessairement user leur empreinte comme les vieilles monnaies. Bientôt il s'établit un fond de lieux communs, abandonnés à tout le monde, et qui, servant sans cesse, rend toutes les productions maigres, tristement stationnaires, taillées sur un même patron, comme les divinités égyptiennes. Ainsi vieillissent les Chinois dans leur perpétuelle médiocrité d'esprit, et toujours s'immolant au culte de leurs ancêtres. Comme si les anciens avaient tout découvert, nous voilà donc bien heureux du rôle éternel d'adorateurs de leurs doctrines, d'imitateurs modestes de leurs œuvres? Ainsi l'esclavage imposé par ces classiques inflexibles tend à nous plonger dans la condition d'ilotes intellectuels.

L'autorité de cette idolâtrie pour des types antiques auxquels on ne peut rien changer sans sacrilége, pouvait-elle engendrer autre chose qu'une littérature secondaire, abâtardie, pâle copie de ses modèles? Aussi l'abbé d'Aubignac ne pardonnait point à Corneille d'avoir réussi au théâtre contre les préceptes d'Aristote; alors serait bientôt desséchée toute la sève du génie humain, puisque nul progrès ne serait possible pour s'élever plus haut dans l'arbre des intelligences. Mais l'antiquité si vantée n'était que la jeunesse et l'inexpérience du monde; car les progrès immenses des sciences modernes n'annoncent-ils pas chaque jour que les destinées intellectuelles du genre humain, à mesure qu'il grandit sur la terre, sont loin d'être accomplies? Pourquoi captiver l'essor de la pensée, cette flamme dévorante qui s'élance vers l'avenir, et nous prépare des découvertes inouïes? Pourquoi nous rabaisser sans cesse vers notre chétive origine, et nous rapetisser dans l'étroite enceinte du passé qui ne peut plus rien nous promettre de nouveau?

On pourra se convaincre, d'après ces réflexions, de l'état de dépérissement, d'énervation de la littérature classique, telle qu'on la voit condamnée de nos jours à une sorte d'atrophie ou de langueur morale dans les productions qui en émanent, tandis que les sciences marchant dans une voie toute indépendante, déploient une prospérité jusqu'alors inconnue. Si tel est, en effet, le véritable penchant où nous entraîne le classique absolu, il n'est pas douteux qu'il ne pèche par un défaut tout-à-fait opposé à celui du caractère romantique, et qu'il ne réclame des remèdes contraires.

Il nous faut du nouveau, n'en fût-il plus au monde.

CONSIDÉRATIONS
SUR CES DEUX GENRES DE MALADIES LITTÉRAIRES.

La dispute entre les romantiques et les classiques ne rappelle-t-elle pas la vieille querelle sur les anciens et les modernes ? Si les anciens, soutenus par Racine, Boileau, Fénélon, etc., sont restés vainqueurs contre Fontenelle, Perrault, Lamotte, etc., qui défendaient les modernes, n'en sera-t-il pas de même aujourd'hui? Cela doit nécessairement arriver, tant que la masse de nos études sera fondée uniquement sur l'admiration des modèles antiques, même en sculpture, en architecture, etc., dans nos écoles, et par la raison, d'ailleurs péremptoire, que notre langue est formée originairement par le latin et le grec, pères de ces chefs-d'œuvre. Elle ne peut pas détrôner ainsi ses ancêtres, se déclarer scandaleusement bâtarde, et abandonner l'héritage glorieux de ses pères qui, tous, ont été *classiques*. Pour elle, les Anglais, les Allemands sont des étrangers; les idiomes du Nord, avec leurs termes composés, leurs barbares inversions, leurs figures outrées, etc., offrent un génie inconnu, un genre de beautés incapables de se fondre, de s'incorporer dans notre littérature. Nous aimons le positif, ils se plaisent dans le vague; nous recherchons des formes fixées ou arrêtées, régulières dans les compositions littéraires, ils se délectent dans leurs drames détraqués et irréguliers pour les temps comme pour les lieux. Ils préfèrent la nature brute, dans ses écarts les plus vagabonds et désordonnés, à l'imitation précise et au goût d'une sage et froide critique. Nos classiques, scrupuleux sur les moyens de plaire, ne veulent que des triomphes orthodoxes; ils choisissent avec une circonspection exacte, seulement l'excellent ou ce qu'on peut imiter avec grâce; ils répudient tout le reste; aussi leur composition est plus élaborée, plus symétrique et comme alignée, mais elle paraît quelquefois un résultat de la contrainte et de l'étude, la combinaison d'un art pénible et non l'inspiration ingénue de la nature dans ses bonds capricieux, ses divagations sauvages. Nous émondons l'arbre pour qu'il produise de plus beaux fruits; le romantisme préfère un vaste chêne étendant librement ses branches incultes et robustes dans les forêts; mais il ne procure que des sucs âpres et acerbes, tandis que nous goûtons avec ravissement la chair délicate et parfumée des fruits que la culture a produits.

La science, dit-on, loin d'être essentielle au romantisme, glacerait souvent sa verve; il lui suffit d'un cœur ardent, d'une imagination forte, étincelante. Au contraire, on ne peut devenir un classique pur sans des études approfondies; il faut, à l'aide des langues mortes, s'être familiarisé avec les plus nobles modèles de l'antiquité, avoir, de longue main, pratiqué des essais d'imitation, s'être sans cesse corrigé, réformé, et à force de labeurs, avoir dissimulé ou rectifié les défauts de la nature *. Pour le romantique, en revanche, tout ce qui part du seul jet de la simple nature, jusqu'à ses innocentes erreurs, comme ses beautés régulières, sont sacrés; la peinture n'en paraît que plus naïve et plus virginale quand elle représente ses proportions si heureuses, ou ses formes si audacieuses et gigantesques, ses imperfections mêmes. C'est encore un effet naturel qu'on n'a pas le droit de rejeter. C'est blasphémer contre le sublime auteur de la na-

* . . . . . . Vos ô
Pompilius sanguis, carmen reprehendite quod non
Multa dies et multa litura coercuit, atque
Perfectum decies non castigavit ad unguem.

Horat. *Art. poet.*

ture ; c'est la profaner, selon eux, que de la violenter, que de prétendre la contraindre par nos règles ; ou plutôt ils ne la croient jamais défectueuse dans son indépendance. Ses vices ne lui viennent que de nos institutions injustes ou tyranniques, pour l'ordinaire, ou des mutilations absurdes que nous nous arrogeons le droit de lui faire subir, sous prétexte de la réformer. A quels titres nous croirions-nous plus instruits ou mieux inspirés qu'elle dans ses saints ravissemens, ses purs instincts, sa vertueuse ingénuité? Nous sommes donc bien dépravés, si parmi nous la nature est tombée dans un tel discrédit? Sans cette nature, en effet, où serait le vrai génie, la plus haute cime de l'ame?

Nous faisons dominer ainsi le frein et le travail * ; le romantisme se fie aux seules forces de l'inspiration et du naturel. Or, c'est une question résolue par l'expérience, que l'enthousiasme sans le goût réglé par la raison, n'enfante que des monstres; l'étude et la saine critique, privées du génie naturel, est la stérilité même.

La jeunesse, hardie et aventureuse, attribue toujours la supériorité au cœur sur l'esprit, ou à la nature, à ses inspirations, et penche nécessai-

* . . . Exemplaria græca
Nocturnâ versate manu, versate diurnâ.

rement vers le romantisme, comme vers le génie tragique qu'émeuvent des passions impétueuses avec une mâle et fière indépendance :

> Ingenium misera quia fortunatius arte
> Credit.

La vieillesse circonspecte et calculatrice s'attache plutôt au fruit du travail et de l'expérience, aux résultats d'un goût élaboré et purifié par une longue étude. Fidèle à ses anciennes impressions, elle tourne constamment ses regards vers le pôle qui la dirige, vers les modèles classiques qui la charmèrent. Trop froide pour s'abandonner aux grands mouvemens de l'ame, elle se concentre vers les détails comiques ou préfère de peindre les vices des ridicules, avec esprit.

Pour parler le langage du temps actuel, le classique ressemble à un propriétaire foncier, faisant valoir son héritage paternel par une laborieuse culture, et qui n'en retire qu'un revenu fixe et borné, comme l'étendue de son patrimoine, sans rien livrer au hasard.

Le romantique, tel qu'un commerçant aventureux ou un homme livré aux entreprises de haute industrie, tantôt acquiert dans de lointains espaces une fortune colossale par d'heureuses spéculations, tantôt s'expose à une ruine de fond en comble.

Le classicisme des nations méridionales de l'Europe paraît tirer de l'autorité absolue des dogmes sacrés du catholicisme sa vénération pour l'antiquité, et la soumission de notre intelligence à ses lois infaillibles *. Le romantisme, au contraire, émané sans doute de l'indépendance religieuse des peuples septentrionaux, a pu dégénérer en une sorte d'anarchie des facultés intellectuelles.

Ainsi se trouve éclairci le procès qui divise en deux sectes les esprits les plus élevés de notre littérature. Cette question, au fond, est résolue par les faits eux-mêmes, puisque les deux extrêmes, étant vicieux, tombent également dans l'erreur. Il y a donc une égale servilité à se dire, comme à être exclusivement *classique* et *romantique*, ces deux expressions signifiant dans la bouche de chaque adversaire une fausse route, une direction pernicieuse en littérature.

Aucun classique ne prétend, sans doute, se résigner au rôle passif et humiliant de copiste et d'ignoble imitateur, comme aucun romantique ne consent à vivre dans la seule atmosphère du vague et des monstruosités ; mais le premier recommande avec toute raison le goût et l'étude des

* On ne peut pas tirer d'objection fondée contre ce principe des extravagances de la littérature espagnole; elle a fait trop d'emprunts à celle des Maures et Mosarabes.

plus magnifiques modèles, comme le second vante, avec non moins de motifs, l'inspiration chaleureuse de la nature et l'indépendance du génie.

Quel est donc l'état d'une littérature ainsi partagée en deux camps ennemis? La cause première n'en vient-elle pas de l'épuisement des anciennes sources du beau, et d'une satiété qui soulève l'inquiétude si naturelle à l'esprit humain, toujours avide d'émotions nouvelles? N'est-il pas curieux de voir le docte aréopage de l'Académie française, lancer en public l'anathème et les foudres de l'excommunication contre le romantisme, qu'elle regarde comme son adversaire, et décider *qu'on croit échapper au danger de l'imitation en essayant de se frayer des routes nouvelles; louable ambition, si elle pouvait être couronnée du succès; témérité malheureuse, lorsqu'il n'y a qu'une seule bonne voie, hors de laquelle tout est sentiers perdus ou précipices inévitables; que les genres ont été reconnus et fixés, qu'on ne peut en changer la nature ni en augmenter le nombre.* Sans doute l'Académie parquait aussi le génie dès l'époque à laquelle le grand Corneille osa tenter une plus noble carrière en puisant dans le théâtre espagnol, dans les œuvres de ce Lope de Véga, que l'on signale comme une source empoisonnée.

Qu'on retrouve dans l'antiquité et dans les voies didactiques qu'elle nous a tracées, des trésors encore inconnus, et nous rentrons avec délices dans ce brillant sanctuaire des muses et des grâces; Pégase peut de nouveau s'envoler vers la cime de l'Hélicon, mais souffrons aussi que les images fortes et hardies, qu'une nature sauvage a fait éclore en d'autres contrées, viennent rajeunir et réchauffer notre caduque poésie. Pourquoi ne pas choisir avec discernement, dans Shakespeare comme dans Euripide, de ces situations tragiques, profondément touchantes ou sublimes? Rejetterai-je Milton, même en préférant Homère? J'écarte les sombres nuages de Byron, mais ses traits audacieux m'enchantent. Ne doit-on pas exploiter comme une mine d'or pur le beau exquis, quelque part qu'il se rencontre? N'y a-t-il pas une pédanterie singulière à se déclarer partial en l'un et en l'autre sens, et faut-il imiter le ridicule de Bembo ou d'Ange Politien, qui n'osaient pas se servir d'un mot latin, avant de s'être dûment assurés que Cicéron l'avait employé?

Notre siècle, il faut le dire, semble assister à un vaste panorama, dans lequel tous les objets passent avec rapidité devant nous, sans graver de profondes traces dans les esprits, comme s'il s'agissait des ombres mobiles d'une lanterne magique. Nous voyons rouler sans cesse autour de nous les ondes des événemens qui nous entraînent, en sorte qu'une impression nouvelle, effaçant toujours les précédentes, nous tombons bientôt dans ce vague étourdissant qui ne nous laisse plus que des demi-idées, des ébranlemens fugitifs. Nous ne pouvons plus creuser à fond un sujet au milieu de ce ballottement répété, de ces petits chocs, de cette pluie fine de sensations journalières. L'ame en est à peine teinte à sa superficie; rien ne prend racine, et nous mourons en recommençant toujours nos pensées et nos actions. Fatigués de cette variété monotone, il n'est pas surprenant qu'il faille de temps en temps nous secouer par quelque émotion forte qui nous fasse vivre avec plus d'intensité et profondément sentir. C'est ainsi que les femmes, les plus habituées à des impressions douces, recherchent avec passion les spectacles tragiques et ne sont transportées que par les scènes les plus déchirantes.

ESSAI DE TRAITEMENT CURATIF DES DEUX MALADIES DE NOTRE LITTÉRATURE.

On conviendra facilement que le *romantisme* et le *classicisme*, séparant ainsi en deux branches la tige primitive de la littérature, l'ont comme fendue très-inutilement, ou plutôt déchirée pour son dommage et sa ruine. Que produira le romantique aventureux, sans le goût, sans des règles tutélaires, sans une distribution sage et harmonique de son sujet, sinon un œuvre bizarre, disparate, choquant? Que pourrait enfanter ce classique valétudinaire, s'il se réduit à ressasser et trier misérablement, quoiqu'avec plus ou moins d'esprit, d'art et de méthode, des phrases communes ou futiles, péniblement élaborées? Et n'est-ce pas là le défaut qu'impute à son adversaire chaque parti? Si chacun d'eux applique, en effet, ces reproches avec de justes motifs, puisqu'il peut en démontrer la réalité par l'examen critique des productions actuelles de chaque genre, la saine raison prononce leur condamnation, en même temps qu'elle approuve les beautés diverses qu'on y reconnaît.

> Naturâ fieret laudabile carmen, an arte
> Quæsitum est. Ego nec studium sine divite venâ,
> Nec rude quid prosit video ingenium; alterius sic
> Altera poscit opem res et conjurat amicè.
>
> HORAT. *Art. poet.*

Il est donc prodigieusement ridicule de se dire en littérature un *romantique* ou un *classique* absolu au milieu du combat actuel, et lorsque chacun blesse son ennemi de traits pareillement surs et acérés, parce que chacun en découvre le côté faible : non que je conseille une de ces trèves honteuses, dans laquelle chacun stipule pour la conservation de ses défauts ou de ses erreurs. Il nous paraît beaucoup plus convenable de rire également des manies propres à chaque parti, sauf à se défendre le mieux qu'on pourra de ce qu'on blâme. *Medice, cura teipsum.*

Ajoutons que c'est ne voir jamais que la moitié de la littérature, ou qu'une face du sujet, que se déclarer seulement classique ou romantique ; ce n'est pas l'embrasser dans son ensemble harmonieux, ni la considérer sous ses divers aspects. Quel serait, en effet, l'horizon rétréci d'un littérateur classique, s'il nous dérobait ces beautés, à la vérité irrégulières et sauvages, qu'enfante une nature inculte, mais qui n'en déploient pas moins une énergie entraînante et qui peuvent produire d'admirables contrastes dans un poëme! L'immensité, ce vague indéfinissable des rêveries humaines, dans lequel aime à se plonger une ame profondément ulcérée par les faux plaisirs du monde, ne peuvent-ils pas offrir de sombres couleurs à la mélancolie?

De même, quel sera le fruit de ces éternelles divagations d'un esprit romantique, si toujours en évaporation dans le vague mystérieux où il s'évanouit à la manière des songes, on ne peut ni le saisir ni le fixer? Que deviendront ses formes propres, sa substance, au milieu de ces nuages dans lesquels il se complaît ? L'ombre des nuits, le silence des vents ou le murmure fugitif des échos, les lueurs voltigeantes des météores, des soupirs plaintifs échappés du sein des ténèbres, et tant d'autres impressions que l'on prodigue dans les compositions romantiques, n'agissent point comme le tissu d'une fable régulièrement ordonnée, qui se rattache à un nœud unique, dans un temps limité, en conservant la vraisemblance.

L'homme n'est pas seulement un être sensible, il veut aussi naturellement exercer sa raison, et si vous la frappez d'événemens qui la disloquent, alors, résistant à l'entraînement des émotions, elle se rejette en un sens opposé et se rit de vos impuissans efforts. Plus le romantique croit s'élancer au sublime, plus il s'expose à rencontrer l'achoppement du ridicule, défaut plus particulier à ce genre de composition qu'à tout autre. Le romantisme manqué est plus funeste peut-être à la renommée littéraire qu'un classicisme défectueux; celui-ci ne risque guère que l'insipidité; s'il reste médiocre, on ne le lit point; il meurt ignoré comme tant de productions vulgaires, qui trépassent sans bruit chaque jour : mais la bizarrerie même d'un faux romantique rend ses erreurs plus éclatantes et ses défauts plus risibles. On en pourrait citer maints exemples notables de notre temps. Toutefois certains esprits préfèrent des vices brillans et contagieux à cette médiocrité sage et froide, que personne n'est tenté de relever de son humble *incognito;* qui peut ambitionner de pareils triomphes, désavoués par la raison?

De quelque manière qu'on envisage la question, c'est toujours un triste symptôme de faiblesse d'appartenir exclusivement à un parti, car il faut qu'on épouse toutes ses opinions, ses préjugés, les fureurs même de son fanatisme, et jusqu'aux prévarications de son aveuglement. On n'est plus soi, on ne peut suivre la pure lumière de son libre arbitre; il faut s'enrôler, et, soldat vulgaire, il faut combattre. Ainsi l'on arrive avec le parti triomphant, ou du moins l'on court la chance de se substituer par la victoire à celui qui dominait. La plupart des hommes n'aiment point cet état mitoyen, qui ne fait cause commune avec personne. Ils s'effraient de cet isolement; car beaucoup n'osent ou ne peuvent penser seuls, et redoutent d'avoir un avis à défendre. Ils flétrissent du nom de *modéré*, de *lâche* même, quiconque veut rester libre. Trop souvent, en effet, des esprits irrésolus, qui voilent leur timidité ignoble sous le nom de prudence, s'enfuient à l'écart, loin des débats religieux, politiques et littéraires, où ils redoutent les blessures, puis arrivent à la fin, *au secours des vainqueurs*, pour réclamer leur part du triomphe, sans avoir essuyé les fatigues du combat. Lâches courtisans de la fortune, de quelque côté qu'elle épanche ses faveurs ils abjurent toute opinion, tout sentiment, autre que celui de l'intérêt personnel. Faut-il atteindre les palmes académiques par le *romantisme* ou par le *classicisme ?* Lequel conduit le mieux à cette sorte de fortune, qu'on appelle aussi *les honneurs ?* N'importe, ils trouveront bien le moyen d'encenser la puissance en crédit et de vouer anathème et mépris sur la raison même, quand elle n'obtient pas l'empire.

Que sert, d'ailleurs, d'être classique ou romantique, si par là vous vous abaissez nécessairement dans une classe subalterne? Copiste, ouvrier abject, vous ne pouvez jamais obtenir le rang d'inventeur. Malheur à vous, *imitatores servum pecus,* de tous les siècles ! Pensez-vous atteindre ainsi à l'originalité, aux dons les plus ravissans du génie? Non, ils ne sont jamais l'apanage d'aucune ame pliée sous quelque secte que ce soit dans les arts de la pensée. Quiconque n'est plus son maître manque de ce feu créateur et autocrate, qui enfante des merveilles sans modèle, émanées comme de DIEU même, dans les naïves inspirations de la nature. Ainsi luttent contre les grands hommes, avec une généreuse confiance, ces esprits magnanimes, qui s'exercent sur les mêmes sujets qu'ont illustrés déjà leurs devanciers. Athlètes combattant pour les mêmes palmes de gloire, leur front rayonne d'un pareil éclat d'immortalité. O combien notre siècle s'abuse, en creusant d'avance des ornières aux talens nouveaux qui lancent un char audacieux dans la carrière! Combien de vains préceptes, qui, tout au plus, servent de béquilles pour aider les impotens et les boiteux à se traîner risiblement sur l'arène où triomphent les forts! Que la charge sonne, et bientôt, hommes vulgaires, disparaissez.

Ainsi devrait être nettoyé notre champ littéraire après tant de magnifiques chefs-d'œuvre dont nos siècles modernes ont été dotés. Que ne puis-je renaître ou me rajeunir animé d'une flamme divine, pour m'envoler aussi jusqu'aux astres! O combien d'enthousiasme et de joie je déploierais loin des misérables intérêts qui nous obsèdent! Je demanderais à la vie ses secrets et aux cieux leurs mystères; j'interrogerais la poussière des tombeaux et la première innocence de la jeunesse. J'irais méditer encore avec l'aurore dans le silence des déserts sur les grâces natives des créatures. Mon ame, redevenue sensible à l'harmonie des amours, s'épanouirait au bonheur; plongé dans de délicieuses rêveries, je quitterais sans regret l'existence, ignoré peut-être, mais digne d'avoir vécu sur cette terre.

Qui donc se placera dans cette noble voie du

milieu, si difficile à parcourir et où l'on peut être écrasé, comme un obstacle, par le choc des deux partis, en résistant également à leurs prétentions absolues? Le poste est périlleux, il ne tentera sans doute personne en ce siècle. Le rôle de conciliateur entre des rivaux si acharnés, est d'ailleurs à peu près impossible; mieux vaut rire de leurs travers, en n'espérant rien d'eux et n'en demandant rien. Chaque parti doit, en effet, nous renier et décliner l'incompétence de notre juridiction. Chacun avouera plus aisément que nous avons bien détrôné son adversaire en dévoilant ses défauts, mais soutiendra que nous sommes incapable de porter un jugement impartial sur ce qui le concerne. Cette égalité de blâme d'une part en ce qui les blesse, et cette égalité de condamnation qu'ils nous accordent pour leurs adversaires, trahit leurs erreurs et fait notre sûreté. Nous avons pu les frapper justement d'après leur mutuel témoignage; et si nous devenions leur double victime, c'est que nous aurions doublement rencontré la vérité.

Il en résultera ce bien, évident du moins pour les esprits indépendans, que notre littérature a besoin du concours réciproque des deux genres qui se disputent la couronne; que c'est dans les temps d'énervation et de décadence qu'éclosent ces tristes symptômes de schisme sur les principes même. Il n'y a qu'un seul esprit dans les âges heureux de splendeur et de gloire littéraire. Se combattre ainsi mutuellement, c'est se détruire; car on ne peut s'avancer dans une carrière où l'on se heurte l'un contre l'autre. La victoire d'un parti lui serait même fatale, puisqu'il se priverait du concert harmonique et nécessaire d'un autre genre dont on ne peut contester le mérite.

Il y a mieux; rien ne deviendrait plus funeste aux lettres, que l'isolement, la séparation des vertus classiques, des extravagances romantiques. Celles-ci en ont aussi essentiellement besoin pour se réformer, que le classique exclusif éprouve la nécessité pressante de se retremper dans cette sorte de fontaine de Jouvence, pour remplacer son Hippocrène tarie :

. . . . . . Alterius sic
Altera poscit opem res et conjurat amicè.

Incorporez, s'il se peut, un genre avec l'autre; leurs défauts alors se neutralisent; tous les moyens intellectuels renaissent plus éclatans; une sève vivifiante nouvelle rajeunit l'arbre superbe de notre littérature. Bientôt il va s'admirer dans ses plus heureux fruits, au milieu d'une génération remuée à fond par tant de merveilles dans les sciences, les arts et les découvertes qui se sont multipliés avec notre moderne civilisation.

CONCLUSION.

Nous dirons donc : Classiques, le romantique vous avertit de vos défauts ; c'est un utile ennemi suscité pour vous ramener dans la bonne voie d'où vous étiez sortis. Aussitôt qu'en religion, en politique et en littérature, il s'écarte un parti extrême dans un sens, il s'en détraque nécessairement un autre dans le sens opposé pour établir le contre-poids. Ce balancement se prolonge jusqu'à ce que, par de mutuelles concessions, les extrêmes se réunissent dans un juste équilibre, et se fortifient par le faisceau de toutes leurs puissances.

Ces idées qui, certainement sont fondées en raison et secrètement approuvées par chaque parti, procureront-elles la fusion des deux genres, si indispensable à la prospérité des lettres? Je ne le crois pas ; il fallait cependant les exposer.

D'abord, le romantique soutiendra que nous voulons l'asservir au classique dont il méprise les lois et les règles timides ; il nous croira, pour le moins, un faux ami vendu à la faction qui lui est opposée. Le classique orgueilleux n'écoutera qu'avec hauteur et superbe dédain la proposition d'ouvrir ses rangs au romantique, à ce barbare échappé des rochers calédoniens ou des forêts teutoniques. Il croirait subir une nouvelle irruption des Vandales ou des Ostrogoths. Là-dessus, il faut combattre ; il faut tailler sa plume encore; et chacun de faire parade de ses magnificences poétiques! La question en sera-t-elle mieux dénouée? Non, sans doute, mais chacun, en fier paladin, aura du moins rompu des lances honorables en faveur de la dame de ses pensées.

Ainsi s'exécuteront les décrets éternels du Destin, comme parle Homère, jusqu'à ce qu'une tête puissante, faisant éclore un œuvre étincelant de beautés, entraîne, par admiration, dans sa sphère, tous les esprits maintenant si divisés. Les uns murmureront encore leur doux nom de romantisme, les autres le salueront du nom de classique, tandis qu'il ne sera aucun d'eux.

Alors seulement on conviendra que nous avons eu raison. Voilà donc la vraie route. Auteurs, le génie, comme la vérité et la vertu, ou la santé en tout genre, est toujours au milieu; travaillez.

FIN.

www.ingramcontent.com/pod-product-compliance
Lightning Source LLC
LaVergne TN
LVHW012018160826
845678LV00002B/892

* 9 7 8 2 3 2 9 6 5 6 8 0 9 *